Stefan Anton George

Gesamtausgabe der Werke in ihrer endgültigen Fassung

Stefan Anton George

Gesamtausgabe der Werke in ihrer endgültigen Fassung

ISBN/EAN: 9783744601146

Hergestellt in Europa, USA, Kanada, Australien, Japan

Cover: Foto ©Andreas Hilbeck / pixelio.de

Weitere Bücher finden Sie auf **www.hansebooks.com**

STEFAN GEORGE

GESAMT-AUSGABE DER WERKE
ENDGÜLTIGE FASSUNG

ERSCHIENEN BEI GEORG BONDI BERLIN

DAS JAHR DER SEELE

ERSCHIENEN BEI GEORG BONDI BERLIN

ANNA MARIA OTTILIE

DER TRÖSTENDEN BESCHIRMERIN

AUF MANCHEM MEINER PFADE

MDCCCXCVII

VORREDE DER ZWEITEN AUSGABE

Auch einige die sich dem sinn des verfassers genähert haben meinten es helfe zum tieferen verständnis wenn sie im Jahr der Seele bestimmte personen und örter ausfindig machten • möge man doch (wie ohne widerrede bei darstellenden werken) auch bei einer dichtung vermeiden sich unweise an das menschliche oder landschaftliche urbild zu kehren: es hat durch die kunst solche umformung erfahren dass es dem schöpfer selber unbedeutend wurde und ein wissen darum für jeden andren eher verwirrt als löst. Namen gelten nur da wo sie als huldigung oder gabe verewigen sollen und selten sind sosehr wie in diesem buch ich und du die selbe seele.

NACH DER LESE · WALLER IM
SCHNEE · SIEG DES SOMMERS

NACH DER LESE

Komm in den totgesagten park und schau:
Der schimmer ferner lächelnder gestade ·
Der reinen wolken unverhofftes blau
Erhellt die weiher und die bunten pfade.

Dort nimm das tiefe gelb · das weiche grau
Von birken und von buchs · der wind ist lau ·
Die späten rosen welkten noch nicht ganz ·
Erlese küsse sie und flicht den kranz ·

Vergiss auch diese lezten astern nicht ·
Den purpur um die ranken wilder reben
Und auch was übrig blieb von grünem leben
Verwinde leicht im herbstlichen gesicht.

Ihr rufe junger jahre die befahlen
Nach ihr zu suchen unter diesen zweigen:
Ich muss vor euch die stirn verneinend neigen·
Denn meine liebe schläft im land der strahlen.

Doch schickt ihr sie mir wieder die im brennen
Des sommers und im flattern der Eroten
Sich als geleit mir schüchtern dargeboten
Ich will sie diesmal freudig anerkennen.

Die reifen trauben gären in den bütten·
Doch will ich alles was an edlen trieben
Und schöner saat vom sommer mir geblieben
Aus vollen händen vor ihr niederschütten.

Ja heil und dank dir die den segen brachte!
Du schläfertest das immer laute pochen
Mit der erwartung deiner – Teure – sachte
In diesen glanzerfüllten sterbewochen.

Du kamest und wir halten uns umschlungen·
Ich werde sanfte worte für dich lernen
Und ganz als glichest du der Einen Fernen
Dich loben auf den sonnen-wanderungen.

Wir schreiten auf und ab im reichen flitter
Des buchenganges beinah bis zum tore
Und sehen aussen in dem feld vom gitter
Den mandelbaum zum zweitenmal im flore.

Wir suchen nach den schattenfreien bänken
Dort wo uns niemals fremde stimmen scheuchten·
In träumen unsre arme sich verschränken·
Wir laben uns am langen milden leuchten

Wir fühlen dankbar wie zu leisem brausen
Von wipfeln strahlenspuren auf uns tropfen
Und blicken nur und horchen wenn in pausen
Die reifen früchte an den boden klopfen.

Umkreisen wir den stillen teich
In den die wasserwege münden!
Du suchst mich heiter zu ergründen ·
Ein wind umweht uns frühlings-weich.

Die blätter die den boden gilben
Verbreiten neuen wolgeruch ·
Du sprichst mir nach in klugen silben
Was mich erfreut im bunten buch.

Doch weisst du auch vom tiefen glücke
Und schätzest du die stumme träne?
Das auge schattend auf der brücke
Verfolgest du den zug der schwäne.

Wir stehen an der hecken gradem wall
In reihen kommen kinder mit der nonne.
Sie singen lieder von der himmelswonne
In dieser erde sichrem klarem hall.

Die wir uns in der abendneige sonnten
Uns schreckten deine worte und du meinst:
Wir waren glücklich bloss solang wir einst
Nicht diese hecken überschauen konnten.

Du willst am mauerbrunnen wasser schöpfen
Und spielend in die kühlen strahlen langen ·
Doch scheint es mir du wendest mit befangen
Die hände von den beiden löwenköpfen.

Den ring mit dem erblindeten juwele
Ich suchte dir vom finger ihn zu drehen ·
Dein feuchtes auge küsste meine seele
Als antwort auf mein unverhülltes flehen.

.

Nun säume nicht die gaben zu erhaschen
Des scheidenden gepränges vor der wende ·
Die grauen wolken sammeln sich behende ·
Die nebel können bald uns überraschen.

Ein schwaches flöten von zerpflücktem aste
Verkündet dir dass lezte güte weise
Das land (eh es im nahen sturm vereise)
Noch hülle mit beglänzendem damaste.

Die wespen mit den goldengrünen schuppen
Sind von verschlossnen kelchen fortgeflogen ·
Wir fahren mit dem kahn in weitem bogen
Um bronzebraunen laubes inselgruppen.

Wir werden heute nicht zum garten gehen·
Denn wie uns manchmal rasch und unerklärt
Dies leichte duften oder leise wehen
Mit lang vergessner freude wieder nährt:

So bringt uns jenes mahnende gespenster
Und leiden das uns bang und müde macht.
Sieh unterm baume draussen vor dem fenster
Die vielen leichen nach der winde schlacht!

Vom tore dessen eisen-lilien rosten
Entfliegen vögel zum verdeckten rasen
Und andre trinken frierend auf den pfosten
Vom regen aus den hohlen blumen-vasen.

Ich schrieb es auf: nicht länger sei verhehlt
Was als gedanken ich nicht mehr verbanne ·
Was ich nicht sage · du nicht fühlst: uns fehlt
Bis an das glück noch eine weite spanne.

An einer hohen blume welkem stiel
Entfaltest du's · ich stehe fern und ahne..
Es war das weisse blatt das dir entfiel
Die grellste farbe auf dem fahlen plane.

Im freien viereck mit den gelben steinen
In dessen mitte sich die brunnen regen
Willst du noch flüchtig späte rede pflegen
Da heut dir hell wie nie die sterne scheinen.

Doch tritt von dem basaltenen behälter!
Er winkt die toten zweige zu bestatten ·
Im vollen mondenlichte weht es kälter
Als drüben unter jener föhren schatten..

Ich lasse meine grosse traurigkeit
Dich falsch erraten um dich zu verschonen ·
Ich fühle hat die zeit uns kaum entzweit
So wirst du meinen traum nicht mehr bewohnen.

Doch wenn erst unterm schnee der park entschlief
So glaub ich dass noch leiser trost entquille
Aus manchen schönen resten – strauss und brief –
In tiefer kalter winterlicher stille.

WALLER IM SCHNEE

Die steine die in meiner strasse staken
Verschwanden alle in dem weichen schooss
Der in der ferne bis zum himmel schwillt·
Die flocken weben noch am bleichen laken

Und treibt an meine wimper sie ein stoss
So zittert sie wie wenn die träne quillt..
Zu sternen schau ich führerlos hinan·
Sie lassen mich mit grauser nacht allein.

Ich möchte langsam auf dem weissen plan
Mir selber unbewusst gebettet sein.
Doch wenn die wirbel mich zum abgrund trügen·
Ihr todeswinde mich gelinde träft:

Ich suchte noch einmal nach tor und dach.
Wie leicht dass hinter jenen höhenzügen
Verborgen eine junge hoffnung schläft!
Beim ersten lauen hauche wird sie wach.

Mir ist als ob ein blick im dunkel glimme.
So bebend wähltest du mich zum begleite
Dass ich die schwere wandrung benedeite ·
So rührte mich dein schritt und deine stimme.

Du priesest mir die pracht der stillen erde
In hrem silberlaub und kühlen strahle
Die frei der lauten freude und beschwerde.
Wir nannten sie die einsam keusche fahle

Und wir bekannten ihren rauhen mächten
Dass in den reinen lüften töne hallten
Dass sich die himmel füllten mit gestalten
So herrlich wie in keinen maien-nächten.

Mit frohem grauen haben wir im späten
Mondabend oft denselben weg begonnen
Als ob von feuchten blüten ganz beronnen
Wir in den alten wald der sage träten.

Du führtest mich zu den verwunschnen talen
Von nackter helle und von blassen düften
Und zeigtest mir von weitem wo aus grüften
Die trübe liebe wächst im reif der qualen.

Ich darf nicht dankend an dir niedersinken ·
Du bist vom geist der flur aus der wir stiegen:
Will sich mein trost an deine wehmut schmiegen
So wird sie zucken um ihm abzuwinken.

Verharrst du bei dem quälenden beschlusse
Nie deines leides nähe zu gestehen
Und nur mit ihm und mir dich zu ergehen
Am eisigklaren tief-entschlafnen flusse?

Ich trat vor dich mit einem segenspruche
Am abend wo für dich die kerzen brannten
Und reichte dir auf einem samtnen tuche
Die höchste meiner gaben: den demanten.

Du aber weisst nichts von dem opferbrauche ·
Von blanken leuchtern mit erhobnen ärmen ·
Von schalen die mit wolkenreinem rauche
Der strengen tempel finsternis erwärmen ·

Von engeln die sich in den nischen sammeln
Und sich bespiegeln am kristallnen lüster ·
Von glühender und banger bitte stammeln
Von halben seufzern hingehaucht im düster

Und nichts von wünschen die auf untern sprossen
Des festlichen altars vernehmlich wimmern ..
Du fassest fragend kalt und unentschlossen
Den edelstein aus gluten tränen schimmern.

Ich lehre dich den sanften reiz des zimmers
Empfinden und der trauten winkel raunen·
Des feuers und des stummen lampen-flimmers·
Du hast dafür das gleiche müde staunen.

Aus deiner blässe fach ich keinen funken·
Ich ziehe mich zurück zum beigemache
Und sinne schweigsam in das knie gesunken:
Ob jemals du erwachen wirst? erwache

So oft ich zagend mich zum vorhang kehre:
Du sitzest noch wie anfangs in gedanken·
Dein auge hängt noch immer an der leere·
Dein schatten kreuzt des teppichs selbe ranken.

Was hindert dann noch dass das ungeübte
Vertrauenslose flehen mir entfliesse:
O gib dass – grosse mutter und betrübte!
In dieser seele wieder trost entspriesse.

Noch zwingt mich treue über dir zu wachen
Und deines duldens schönheit dass ich weile ·
Mein heilig streben ist mich traurig machen
Damit ich wahrer deine trauer teile.

Nie wird ein warmer anruf mich empfangen ·
Bis in die späten stunden unsres bundes
Muss ich erkennen mit ergebnem bangen
Das herbe schicksal winterlichen fundes.

Die blume die ch mir am fenster hege
Verwahrt vorm froste in der grauen scherbe
Betrübt mich nur trotz meiner guten pflege
Und hängt das haupt als ob sie langsam sterbe.

Um ihrer frühern blühenden geschicke
Erinnerung aus meinem sinn zu merzen
Erwähl ich scharfe waffen und ich knicke
Die blasse blume mit dem kranken herzen.

Was soll sie nur zur bitternis mir taugen?
Ich wünschte dass vom fenster sie verschwände..
Nun heb ich wieder meine leeren augen
Und in die leere nacht die leeren hände.

Dein zauber brach da blaue flüge wehten
Von grabesgrünen und von sichrem heile·
Nun lass mich kurz noch da ich bald enteile
Vor dir wie vor dem grossen schmerze beten.

Zu raschem abschied musst du dich bequemen
Denn auf dem weiher barst die starre rinde·
Mir däucht es dass ich morgen knospen finde·
Ins frühjahr darf ich dich nicht mit mir nehmen.

Wo die strahlen schnell verschleissen
Leichentuch der kahlen auen·
Wasser sich in furchen stauen
In den sümpfen schmelzend gleissen

Und zum strom vereinigt laufen:
Türm ich für erinnerungen
Spröder freuden die zersprungen
Und für dich den scheiterhaufen.

Weg den schritt vom brande lenkend
Greif ich in dem boot die ruder –
Drüben an dem strand ein bruder
Winkt das frohe banner schwenkend.

Tauwind fährt in ungestümen
Stössen über brache schollen·
Mit den welken seelen sollen
Sich die pfade neu beblümen.

SIEG DES SOMMERS

Der lüfte schaukeln wie von neuen dingen ·
Aus grauem himmel brechend milde feuer
Und rauschen heimatwärts gewandter schwingen
Entbietet mir ein neues abenteuer

Du all die jahre hin mir glanz und glaube
Bei dir · und wo die stummen zeugen waren
Von hoffen und von angst · bei diesem laube.
Denn wird das glück sich je uns offenbaren

Wenn jezt die nacht die lockende besternte
In grüner garten-au es nicht erspäht ·
Wenn es die bunte volle blumen-ernte
Wenn es der glutwind nicht verrät?

Den blauen raden und dem blutigen mohne
Entgeht dem lispelnden und lichten korn!
Durchwandert diese waldung sinnens ohne
Und jeden vielverschlungnen pfad von vorn·

Verharrt nicht vor den zeichen in den birken·
Geschwunden sei die hand die einst sie schnitt·
Nun fühlt wie andre namen wunder wirken·
Zu jungen frischen stämmen lenkt den schritt·

Vergesst der schmerzen und des alten blutes
Gerissen am verfallnen dorngesträuch
Und blätter dürrer zeiten leichten mutes
Betretet sie und lasst sie hinter euch!

Du willst mit mir ein reich der sonne stiften
Darinnen uns allein die freude ziere ·
Sie heilige die haine und die triften
Eh unsre pracht und ihre sich verliere.

Dass dieses süsse leben uns genüge ·
Dass wir hier wohnen dankbereite gäste!
Und wort und lied ersinnst du dass gefüge
Die klagen flattern in die höchsten äste.

Du singst das lied der summenden gemarken ·
Das sanfte lied vor einer tür am abend
Und lehrest dulden wie die einfach starken ·
In lächeln jede träne scheu begrabend:

Die vögel fliehen vor den herben schlehen ·
Die falter bergen sich in sturmes-toben
Sie funkeln wieder auf so er verstoben –
Und wer hat jemals blumen weinen sehen?

Die silberbüschel die das gras verbrämen
Und eine tageskerze die uns nickt
Erkennen uns und forschen ob wir kämen
Von einem gütigeren stern geschickt.

Die reiser streichen über unsre scheitel ·
Lasst sie vereinen was die furcht noch trennt
Und alle frage sei der lippe eitel
Die brennend einer fremden sich bekennt!

Nun sorgen wir dass uns kein los mehr dräue
Wenn eins des andren heisses leben trinkt
Und schauen einig in die sommerbläue
Die freundlich uns aus heller welle winkt.

Gemahnt dich noch das schöne bildnis dessen
Der nach den schluchten-rosen kühn gehascht·
Der über seiner jagd den tag vergessen·
Der von der dolden vollem seim genascht?

Der nach dem parke sich zur ruhe wandte·
Trieb ihn ein flügelschillern allzuweit·
Der sinnend sass an jenes weihers kante
Und lauschte in die tiefe heimlichkeit..

Und von der insel moosgekrönter steine
Verliess der schwan das spiel des wasserfalls
Und legte in die kinderhand die feine
Die schmeichelnde den schlanken hals.

Wenn trübe mahnung noch einmal uns peinigt
Und schreck in unsre goldnen lande streut –
Du sprichst in zuversicht: mit mir vereinigt
Befürchte nicht was flüchtig sich erneut.

Nur dass du meinem schutz dich nicht entfernst
Bevor das scharfe licht ersterbend loht
Und dir der gartenwald versöhnlich ernst
Mit seinen schatten wieder abend bot.

Wie ein erwachen war zu andrem werden
Als wir vergangenheit in uns gebändigt
Und als das leben lächelnd uns gehändigt
Was lang uns einzig ziel erschien auf erden.

Auf einmal alle stunden so nur galten:
Ein mühevolles werben um die hohe
Die uns vereinte · die in ihrer lohe
Gestalten um uns tilgte und gewalten.

Die reichsten schätze lernet frei verschwenden ·
Wie nach den langen strahlen auf verdorrte
Gewächse sollet ihr am frohen orte
Den heissen gliedern milden regen spenden!

Gedenkt vom schönsten pflückend was hier sprosset
Wenn süss und schwül die dämmrungssterne blicken
Wenn glühn und dunkeln wechselnd euch bestricken
Dass ihr soviel verliehen ist genosset!

Und törig nennt als übel zu befahren
Dass ihr in euch schon ferne bilder küsstet
Und dass ihr niemals zu versöhnen wüsstet
Den kuss im traum empfangen und den wahren.

Wenn von den eichen erste morgenkühle
Die feuchten perlen uns ins antlitz blies
So knirrte auf dem pfad der spitze kies
Erinnerte die schweigenden gefühle

Und auch die eigene stimme schien dir rauh
Wenn du im takt verwandter pulse bangen
Vernahmst die enger zu den deinen drangen
Und laues schmiegen trocknete den tau.

Ruhm diesen wipfeln! dieser farbenflur!
Sie lehrten uns das glück in seinem flüchten
Zu streifen und es bleibt noch zarte spur
An unsrer hand wie schmelz von reifen früchten.

Schon weht das wimpel und es säumt nicht mehr ·
Aus scheidestunden werden tränen rinnen..
Ob einer zweifelhaften wiederkehr
In offnem schmerze zogest du von hinnen.

Ich aber horche in die nahe nacht
Ob dort ein lezter vogelruf vermelde
Den schlaf aus dem sie froh und schön erwacht –
Der liebe sachten schlaf im blumenfelde.

ÜBERSCHRIFTEN UND WIDMUNGEN

Lieder wie ich gern sie sänge
Darf ich freunde! noch nicht singen ·
Nur dies flüchtige gedränge
Scheuer reime will gelingen.

Hinter reben oder hinter
Stillen mauern zu kredenzen
Zur erheitrung weisser winter
Und zum trost in fahlen lenzen.

Was ich nach den harten fehden
In den schooss des friedens bette
Und aus reicher jugend eden
In das leben über-rette.

Zu meinen träumen floh ich vor dem volke ·
Mit heissen händen tastend nach der weite
Und sprach allein und rein mit stern und wolke
Von meinem ersten jugendlichen streite.

Die blumen hergeholt aus reichem leben
Umflocht ich frei und stolz an goldnen kreisen ·
Dem fern im licht geheiligten eleben
Verklang sein schmerz in feierlichen weisen.

Zu göttertalen · blinkenden mäandern ·
Ich liess in stätten innig hoher sitten
Und in den süden meine seele wandern
Wo sie gekrönt den martertod erlitten.

Und heut geschieht es nur aus Einem grunde
Wenn ich zum sang das lange schweigen breche:
Dass wir uns freuen auf die zwielichtstunde
Und meine düstre schwester also spreche:

Soll ich noch leben darf ich nicht vermissen
Den trank aus deinen klingenden pokalen
Und führer sind in meinen finsternissen
Die lichter die aus deinen wunden strahlen.

Des sehers wort ist wenigen gemeinsam:
Schon als die ersten kühnen wünsche kamen
In einem seltnen reiche ernst und einsam
Erfand er für die dinge eigne namen –

Die hier erdonnerten von ungeheuern
Befehlen oder lispelten wie bitten ·
Die wie Paktolen in rubinenfeuern
Und bald wie linde frühlingsbäche glitten ·

An deren kraft und klang er sich ergezte ·
Sie waren wenn er sich im höchsten schwunge
Der welt entfliehend unter träume sezte
Des tempels saitenspiel und heilge zunge.

Nur sie – und nicht der sanften lehre lallen ·
Das mütterliche – hat er sich erlesen
Als er im rausch von mai und nachtigallen
Sann über erster sehnsucht fabelwesen ·

Als er zum lenker seiner lebensfrühe
Im beten rief ob die verheissung löge..
Erflehend dass aus zagen busens mühe
Das denkbild sich zur sonne heben möge.

Als ich zog ein vogel frei aus goldnem bauer
Ward der segen mir in reichem maasse ·
Frauen warfen von der mauer
Rosen auf die strasse.

Durch der länder wunder · marmor der paläste ·
Grauen in den heiligen gezelten
Zog ich fern vom schwarm der gäste
Und ich sang nur selten.

Jahre flossen · von den heimatlichen essen
Wirbelt rauch zum grauen wolkenraum.
Ich erhoffe nur vergessen
Ruh und blassen traum.

SPRÜCHE FÜR DIE GELADENEN IN T..

I

Indes deine mutter dich stillt
Soll eine leidige fee
Von schatten singen und tod·
Sie gibt dir als patengeschenk
Augen so trüb und sonder
In die sich die musen versenken.

Verächtlich wirst du blicken
Auf roher spiele gebaren·
Vor arbeit die niedrig macht
Die grossen strengen gedanken
Dich mahnen und wahren.

Wenn deine brüder klagen
Und sagen: o schmerz! den deinen
Sag ihn den winden bei nacht
Und unter der nägel waffe
Blute die kindliche brust!

Vergiss es nicht: du musst
Deine frische jugend töten·
Auf ihrem grab allein
Wenn viele tränen es begiessen – spriessen
Unter dem einzig wunderbaren grün
Die einzigen schönen rosen.

II

Ihr lernt: das haus des mangels nur kenne die schwermut·
— Nun seht im prunke der säulen die herbere schwermut —

Der stets nach dem ziel sich verzehre nur fühle das schicksal
Ich zeige euch in der erfüllung das grausamste schicksal

Des der die stunden vertrauert bei köstlichem kleinod·
Der schmächtigen fingers spielt mit dem sprühenden kleinod

Und des der angetan mit der könige purpur
Das schwere bleiche antlitz senkt auf den purpur.

Wo in des schlosses dröhnend dunkler diele
Hängen und rauschen viele saitenspiele
Von einer tiefern lust und grössern tat:
Wie kommt es dass dies ERSTE früh und spat
Noch füllet mit dem gleichen freudengraun
Und dass sein keusch anfängliches geraun
Wenn es bei noch so leisem rühren klingt
Wie einst noch immer mich zum weinen zwingt?

Bei seiner reise mittag bald zurück
Bald vor sich zum gewölke bangen fragens
Hat lange sich der rastende gedreht..
Durchwallt ist ganzer erden berg und tal
Soviel an glück und tränen hinter ihm.
Was kann noch sein? Soll er das haupt hier betten
Als an des weges marken oder soll er
In hellern höhen lauter noch frohlocken ·
In wildern schluchten tiefer noch erstöhnen..
So war dies alles erst der morgengang?

ERINNERUNGEN AN EINIGE ABENDE INNERER GESELLIGKEIT

BLUMEN

In märzentagen streuten wir die samen
Wann unser herz noch einmal heftig litt
An wehen die vom toten jahre kamen
Am lezten kampf den eis und sonne stritt.

An schlanken stäbchen wollten wir sie ziehen ·
Wir suchten ihnen reinen wasserquell ·
Wir wussten dass sie unterm licht gediehen
Und unter blicken liebevoll und hell.

Mit frohem fleisse wurden sie begossen ·
Wir schauten zu den wolken forschend bang
Zusammen auf und harrten unverdrossen
Ob sich ein blatt entrollt ein trieb entsprang.

Wir haben in dem garten sie gepflückt
Und an den nachbarlichen weingeländen ·
Wir wandelten vom glanz der nacht entzückt
Und trugen sie in unsren kinderhänden.

RÜCKKEHR

Ich fahre heim auf reichem kahne ·
Das ziel erwacht im abendrot ·
Vom maste weht die weisse fahne
Wir übereilen manches boot.

Die alten ufer und gebäude
Die alten glocken neu mir sind ·
Mit der verheissung neuer freude
Bereden mich die winde lind.

Da taucht aus grünen wogenkämmen
Ein wort · ein rosenes gesicht:
Du wohntest lang bei fremden stämmen ·
Doch unsre liebe starb dir nicht.

Du fuhrest aus im morgengrauen
Und als ob einen tag nur fern
Begrüssen dich die wellenfrauen
Die ufer und der erste stern.

ENTFÜHRUNG

Zieh mit mir geliebtes kind
In die wälder ferner kunde
Und behalt als angebind
Nur mein lied in deinem munde

Baden wir im sanften blau
Der mit duft umhüllten gränzen:
Werden unsre leiber glänzen
Klarer scheinen als der tau.

In der luft sich silbern fein
Fäden uns zu schleiern spinnen·
Auf dem rasen bleichen linnen
Zart wie schnee und sternenschein.

Unter bäumen um den see
Schweben wir vereint uns freuend·
Sachte singend · blumen streuend ·
Weisse nelken weissen klee.

REIFEFREUDEN

Ein stolzes beben und ein reiches schallen
Durch später erde schwere fülle strich..
Die kurzen worte waren kaum gefallen
Als tiefer rührung ruhe uns beschlich.

Sie sanken hin wo sich am fruchtgeländer
Der purpurschein im gelben schmelz verlor·
Sie stiegen auf zum schmuck der hügelränder
Wo für die dunkle lust die traube gor.

Ich wagte dir nicht · du nicht mir zu nahen
Als schräger strahl um unsre häupter schoss·
Noch gar mit rede störend zu bejahen
Was jezt uns band · was jedes stumm genoss

Und was in uns bei jenes tages rüste
Auf zu den veilchenfarbnen wolken klomm:
Was mehr als unsre träume und gelüste
An diesem gluten-abend zart erglomm.

WEISSER GESANG

Dass ich für sie den weissen traum ersänne..
Mir schien im schloss das herbe strahlen tränken
Und blasse blütenbäume nur umschränken
Dass er mit zweier kinder frühtag rönne:

Ein jedes einen schlanken strauss umschlänge
Hell-flitternd wie von leichtgeregter espe
Daraus als wimpel eine silber-trespe
Hoch über ihre schwachen stirnen schwänge

Und beide langsam kämen nach dem weiher
Auf breitem marmelstiege manchmal wankend
Bis bei dem flügelschlag der nahen reiher
Der arme sanfte bürde heftig schwankend

Duft-nebel wirbelte von kühlen narden
Mit denen die Vereinten höherem raume
Entgegenschwebend immer lichter warden –
Bald eines mit dem reinen äther-flaume.

NACHTWACHEN

I

Deine stirne verborgen halb durch die beiden
Wölkchen von haaren (sie sind blond und seiden)
Deine stirne spricht mir von jugendlichem leide.

Deine lippen (sie sind stumm) erzählen die geschichte
Der seelen verurteilt in gottes gerichte.
Erregender spiegel (dein auge) spiel damit nicht!

Wenn du lächelst (endlich flog über dir der schlummer her)
Dein lächeln gleicht dem weinen sehr
Und du neigst ein wenig dein haupt von kummer schwer.

II

Nicht nahm ich acht auf dich in meiner bahn
In zeiten feucht und falb worin der wahn
Des suchens fragens sich verlor.

Kann jemand in den zeiten feucht und falb
Am dunklen tore harren meinethalb?
Nun denk ich dein weil unterm dunklen tor

Wo ängstend säule und gemäuer knarrt
Du meinethalben mein geharrt
Als niemand ging und als es schweigsam fror.

III

Welche beiden mitternächte
Als der selber schmerzdurchbohrte
An der dulderin sich rächte!

Dass dein blick sich weich umflorte
Dass dein wink ihr mildrung brächte!
Eines sah des andren wunden

Durch des dunkels dichte mähne
Zucken rieseln unverbunden..
Und nicht wort nicht träne.

IV

Erwachen aus dem tiefsten traumes-schoosse:
Als ich von langer spiegelung betroffen
Mich neigte auf die lippen die erblichen

– Ertragen sollet ihr nur mitleidgrosse!
Seid nur aus dank den euch geweihten offen –
Und die berührten dann in solchen gluten

Die antwort gaben wider höchstes hoffen
Dass dem noch zweifelnden die sinne wichen..
O rinnen der glückseligen minuten!

V

Wenn solch ein sausen in den wipfeln wühlt
Ist es nicht mehr als dass ein sehnen drohe
Durch blaue blicke · blumen blonde frohe?

Wenn solch ein branden um die festen spült
Dass du verlassen irrend an dem strand
Die rettung suchst in leerer himmel brand?

Dass ich wie nie dich blass und bebend finde ·
Kaum mehr noch als am wegesrand die blinde
Die unbeachtet ruft im lauten winde ..

VERSTATTET DIES SPIEL: EURE
FLÜCHTIG GESCHNITTENEN
SCHATTEN ZUM SCHMUCK FÜR
MEINER ANGEDENKEN SAAL

Soll nun der mund der von des eises bruch
Zum neuen reife längst erstarkt im wehe
Sich klagend öffnen und nach welchem spruch
Dem kinde? unterbrich mich nicht – ich flehe.

Du stehst am strand · die segel blähn im porte ·
Es geht in tollen winden auf ein riff –
Bedenke dich und sage sanfte worte
Zum fremdling den dein weiter blick begriff.

Die du ein glück vermehrst auch nicht es teilend ·
Für schmerzen balsam bist auch kaum sie fassend
Und gar aus schlimmen zeichen schönes rätst ·
Erfinderisch und gross im reich der güte ·
Du darfst dich rühmen: manchen geist am strand
Der nach dem schiffbruch hingeschleudert wurde ·
Den götter und genossen liegen liessen –
Ich jenes mädchen hab ihn aufgerichtet.

Angenehm flossen bei dir unsre nächtlichen stunden
Dass wir der ampel vergassen · doch dir zum gewinn nicht.
Trieb dich verblendung mit misslicher wende zu reden
Was mir zu hören nicht noch zu erwidern vergönnt ist?
Kannst du bedächtige sprache nicht weiter erfinden
Meide mich! so nicht mein schmerzlich erstaunen dich zwinge
Lenke die eigne verachtung ob müssigen werbens
Und die gelächter von deiner zerknitterten seele.

So grüss ich öfter wenn das jahr sich dreht
Dich in der weile wo die nacht noch zögert
Vor dir verblichene bunte reiser breitend
Die du vielleicht nicht liebst – und scheide bald.
Ich bringe diesmal nur den trost: ich möchte
Doch einst an solchem früchte-abend nahen
Den glanz der schönen trauer auf den händen
Mit einer gabe die dich mehr erfreut.

W. L.

Der seltnen Einer die das loos erschüttert
Verbannter herrscher · ihr erhabnes trauern
Und unbemerkter tod · schon weil du bist
Sei dir in dank genaht · durch deine hoheit
Bestätigst du uns unser recht auf hoheit ·
Verwirfst und nimmst mit königlichem wink ·
Du richte unsrer manchmal schwanken tritte
Und leitstern über jeder edlen fahrt.

P. G.

Im offnen leben wo ihr all euch gleichet ·
Wo ihr fast niemals wie ihr fühlet saget ·
War manches kommen doch von starkem zittern ·
War manche trennung voll zerdrückter tränen ·
Es waren tage gross wo ihr euch gabet ·
Wo ihr die schleier eurer klugheit risset
Und abende wo nichts geschah doch töne
Und blicke fielen ewigen angedenkens.

M. L.

Wie unsre glorreichen himmel – bruder im stolz!
So breitet dein glänzendes gelb und wie reifender lohn·
Es zittern in deinem lila und wehen grün
Gestaltlose stunden mit ihrem mühsamen rinnen
Und lange seufzer aus kerkern ohne erhebung.
Dein strahlendes blau umkleidet die wunschlosen götter·
In deinem veilchendunkel voll purpurner scheine
Ist unser tödliches sehnen – bruder im leid!

H. H.

Erfinder rollenden gesangs und sprühend
Gewandter zwiegespräche: frist und trennung
Erlaubt dass ich auf meine dächtnistafel
Den frühern gegner grabe – tu desgleichen!
Denn auf des rausches und der regung leiter
Sind beide wir im sinken · nie mehr werden
Der knaben preis und jubel so mir schmeicheln ·
Nie wieder strofen so im ohr dir donnern.

K. W.

Wir seligen! die gottentsandten sprecher
Nur wagen diesen laut · auf deinen führen
Erklang er täglich aus umkränztem becher
Und dennoch fühl ich reue in mir gären:

Dein leben ehrend muss ich es vermeiden ·
Dein lächeln und das glück (für dich das wahre)
Ich muss zurück auf meere dumpfer leiden ·
In meine wunderbaren wehmutjahre.

E. R.

Oft scheint es so als ob wir unsre besten
Erhebungen mit ihren süssen reizen
Aus früher frühe holen und mit resten
Die öde ganzer lebensräume heizen ·

Bald so dass höchster schatz den wir besessen
Nur noch in seltner nacht uns mag bekümmern
Und wir auf eines schönen alters trümmern
Hin schreiten kühl mit grausamem vergessen.

A. H.

Du sanfter seher der du hilflos starrest
In trauer über ewig welke träume ·
Gib deine hand! wir zeigen dir gefilde
Um saaten der erlösung hinzustreun.

Wir wollen gerne sie – verborgne wunder –
Mit unsrem blut und unsren tränen pflegen
Und heiter lächelnd wirst du uns umarmen
Wenn sie vor den erstaunten blicken blühn.

A. V.

Ihr ahnt die linien unsrer hellen welten·
Die bunten halden mit den rebenkronen·
Den zefir der durch grade pappeln flüstert
Und Tiburs wasser weich wie liebesflöten?
Da hebt sich euer blondes haupt: kennt ihr
Der nebel tanz im moore grenzenlos·
Im dünenried der stürme orgelton·
Und das geräusch der ungeheuren see?

R. P.

Was frommt die weisheit dem bezirk des wahnes nahe
Die uns mit grellem blenden schreckt und überwältigt
Des einen unkund wo sie bürde wird und frevel?
Wie friedenlos · du allerbleichster unsrer brüder ·
Durchirrst du deine traurigen und weiten lande!
Wann wirst du müde neue felder zu erobern
Und lernest einmal pflanzen pflegen und dich freuen
An dem was blüht und grünt und reift in dreien gärten?

C. S.

Du teuer uns · doch rätsel das uns martert ·
Dein lächeln spielt: die klüfte zwischen uns
Erkennt wie ich als unergründbar an
Und haltet ihr geheimnis hoch – ja jubelt
Sie nie zu fassen... und wir suchen schmerzlich
Mit unsrer liebe sie zu überbrücken
Und folgen deinem wandel ohne furcht:
Aus deinem antlitz dringt der blick der sieger.

A. S.

So war sie wirklich diese runde? da die fackeln
Die bleichen angesichter hellten · dämpfe stiegen
Aus schalen um den götterknaben und mit deinen worten
In wahneswelten grell-gerötet uns erhoben?
Dass wir der sinne kaum mehr mächtig · wie vergiftet
Nach schlimmem prunkmahl taglang uns nicht fassten ·
Stets um die stirn noch rosen brennen fühlten · leidend
Für neugierblicke in die pracht verhängter himmel.

L. K.

Doch unser aller heimat bleibt das licht
Zu dem wir kehren auf gewundnen stegen.
Magst du dich einig nennen mit den recken
Und trotzigen gewalten bracher ebnen:
Sagt nicht bei jedem treffen die umschlingung
Und dass ich oft dich suche wie du viel
In mir erregst und mir gehörst? verrät nicht
Dass du mich fliehst wie sehr ich in dir bin?

TRAURIGE TÄNZE

Des erntemondes ungestüme flammen
Verloschen · doch sie wirken in uns beiden ·
Nach kurzer trennung schritten wir zusammen
Am alten flusse mit den neuen leiden.

Zum ersten male strittest du darüber ·
Ich selber konnte dir nicht mehr erklären
Warum die sturm- und wintertage trüber
Warum die frühlingslüfte froher wären.

Du streichest zürnend über deine locken
Da ich dich heute schon so ruhig finde..
Ich klage fast: sind meine tränen trocken ·
Die tränen fern von Lilia dem kinde?

Der raum mit sammetblumigen tapeten
So waren sie zur zeit der ahnin mode –
An meinem arme bist du eingetreten.
Nun reden wir vom guten tode.

Die starren eisesranken an den scheiben
Entrücken uns den welten wo wir gingen·
Des herdes flammen zuckend sich umschlingen·
Vor ihnen lass uns eine weile bleiben.

– So glaubst du fest dass auch das spiel der musen
Ihn den sie liebten niemals wieder freue –
Und ist das reiche licht in deinem busen
Auch ganz erloschen? sag es mir in treue!

Es lacht in dem steigenden jahr dir
Der duft aus dem garten noch leis.
Flicht in dem flatternden haar dir
Eppich und ehrenpreis.

Die wehende saat ist wie gold noch ·
Vielleicht nicht so hoch mehr und reich ·
Rosen begrüssen dich hold noch ·
Ward auch ihr glanz etwas bleich.

Verschweigen wir was uns verwehrt ist ·
Geloben wir glücklich zu sein
Wenn auch nicht mehr uns beschert ist
Als noch ein rundgang zu zwein.

Gib ein lied mir wieder
Im klaren tone deiner freudentage —
Du weisst es ja: mir wich der friede
Und meine hand ist zag.

Wo dunkle seelen sinnen
Erscheinen bilder seltne hohe·
Doch fehlt das leuchtende erinnern·
Die farbe hell und froh.

Wo sieche seelen reden
Da lindern schmeichelhafte töne·
Da ist die stimme tief und edel
Doch nicht zum sang so schön.

Das lied das jener bettler dudelt
Ist wie mein lob das dich vergeblich lädt·
Ist wie ein bach der fern vom quelle sprudelt
Und den dein mund zu einem trunk verschmäht.

Das lied das jene blinde leiert
Ist wie ein traum den ich nicht recht verstand·
Ist wie mein blick der nur umschleiert
In deinen blicken nicht erwidrung fand.

Das lied das jene kinder trillern
Ist fühllos wie die worte die du gibst·
Ist wie der übergang zu stillern
Gefühlen wie du sie allein noch liebst.

Drei weisen kennt vom dorf der blöde knabe
Die wenn er kommt sich ständig wiederholen:
Die eine wie der väter hauch vom grabe
Die eh sie starben sich dem herrn befohlen.

Die andre hat die tugendhafte weihe
Als ob sie schwestern die beim spinnrad sassen
Und mägde sängen die in langer reihe
Vor zeiten zogen auf den abendstrassen.

Die dritte droht – versündigung und rache –
Mit altem dolch in himmel-blauer scheide ·
Mit mancher sippe angestammtem leide ·
Mit bösen sternen über manchem dache.

Stätte von quälenden lüsten
Wo ihr gestrandet seid –
Lass deine sonnigen küsten ·
Folge dem strengen bescheid!

Mach dass dein ruder erstarke!
Langsam ohne gefahr
Schaukelt dann deine barke
Fort mit dem sinkenden jahr.

Nicht vor der eisigen firnen
Drohendem rätsel erschrick
Und zu den ernsten gestirnen
Hebe den suchenden blick!

Die wachen auen lockten wonnesam ·
Im veilchenteppich kam sie an das gitter
Geschmückt wie jährig für den bräutigam
Und dachte sein bis nach dem fest der schnitter.

Nur eine lerche die im haine schlug
Bemerkte ihr erröten und erschrecken
Und wie in sommer-langer tage zug
Sie sann und welkte bei den eiben-hecken

Von ihrer schlanken anmut spricht allein
Bei perlenschnüren eine seidne locke
Die eine fromme freundin birgt im schrein..
Und schlichtes gras mit einem marmorblocke.

Da kaum noch sand im stundenglase läuft
So zieh ihm nach dem wandrer tau-beträuft ·
Die heisse luft verwehte ihn geschwind ·
Den freund der blumen und der sterne kind ·

Der eines morgens vor dem schnitt der saat
Die hände traurig vor die stirne tat
Und durch wer weiss welch frühen fluch gemahnt
Im heut den lezten jugendtag geahnt ·

Der durch kein sonnenschmeicheln mehr erweicht
Solang er schön war ohne klage leicht
Gleich einem sommervogel überm ried
An jenem tag aus unsren kreisen schied.

Trauervolle nacht!
Schwarze sammetdecke dämpft
Schritte im gemach
Worin die liebe kämpft.

Den tod gab ihr dein wunsch·
Nun siehst du bleich und stumm
Sie auf der bahre ruhn·
Es stecken lichter drum.

Die lichter brennen ab·
Du eilest blind hinaus
Nachdem die liebe starb –
Und weinen schallt im haus.

Wir werden nicht mehr starr und bleich
Den früheren liebeshelden gleich ·
An trübsal waren wir zu reich ·
Wir zucken leis und dulden weich.

Sie hiessen tapfer · hiessen frei
Trotz ihrer lippen manchem schrei ·
Wir litten lang und vielerlei
Doch schweigen müssen wir dabei.

Sie gingen um mit schwert und beil ·
Doch streiten ist nicht unser teil ·
Uns ist der friede nicht mehr feil
Um ihrer güter weh und heil.

Ich weiss du trittst zu mir ins haus
Wie jemand der an leid gewöhnt
Nicht froh ist wo zu spiel und schmaus
Die saite zwischen säulen dröhnt.

Hier schreitet man nicht laut nicht oft·
Durchs fenster dringt der herbstgeruch
Hier wird ein trost dem der nicht hofft
Und bangem frager milder spruch.

Beim eintritt leis ein händedruck·
Beim weiterzug vom stillen heim
Ein kuss — und ein bescheidner schmuck
Als gastgeschenk: ein zarter reim.

Dies leid und diese last: zu bannen
Was nah erst war und mein.
Vergebliches die arme spannen
Nach dem was nur mehr schein ·

Dies heilungslose sich betäuben
Mit eitlem nein und kein ·
Dies unbegründete sich sträuben ·
Dies unabwendbar-sein.

Beklemmendes gefühl der schwere
Auf müd gewordner pein ·
Dann dieses dumpfe weh der leere ·
O dies: mit mir allein!

Nicht ist weise bis zur lezten frist
Zu geniessen wo vergängnis ist.
Vögel flogen südwärts an die see ·
Blumen welkend warten auf den schnee.

Wie dein finger scheu die müden flicht!
Andre blumen schenkt dies jahr uns nicht ·
Keine bitte riefe sie herbei ·
Andre bringt vielleicht uns einst ein mai.

Löse meinen arm und bleibe stark ·
Lass mit mir vorm scheidestrahl den park
Eh vom berg der nebel drüber fleucht ·
Schwinden wir eh winter uns verscheucht!

Keins wie dein feines ohr
Merkt was tief innen singt ·
Was noch so schüchtern schwingt ·
Was halb sich schon verlor.

Keins wie dein festes wort
Sucht so bestimmt den trost
In dem was wir erlost ·
Des wahren friedens hort.

Keins wie dein fromm gemüt
Bespricht so leicht den gram ..
Der eines abends nahm
Was uns im tag geglüht.

Mir ist kein weg zu steil zu weit
Den ich nicht ginge – mein geleit –
Mit dir · uns ängstet keine kluft
Und sOHNE steht auf jeder gruft.

So kreuzen wir in wehmut nur
Der freudlos grauen aschen flur
Mit ihrem dürren gras und dorn ·
Doch rein von reue · rein von zorn.

Mein feuchtes auge späht nur fern
Nach diesem EINEN aus der gern
Die harfe reich und wol gestimmt ·
Der unsre goldne harfe nimmt.

Die stürme stieben über brache flächen
Und machen heller ahnung voll die runde·
Da wollen sich erstickte fluren rächen·
Da zittert seufzen aus dem bergesschlunde.

Es scheint als ob die schrecklich fernen grollen·
Doch eine stimme mahnt aus friedensföhren:
Hast du mir ehdem nicht versprechen sollen
Der gräber ruh mit klage nie zu stören!

Ich zog vorbei am winterlichen pfahle
Vor dem wir nie in leerem weinen knieten·
Ich bat dich nur der bald ihn sieht dem strahle
Des frohen lenzes meinen gruss zu bieten.

Geführt vom sang der leis sich schlang ·
Dir ward er leicht der ufergang.
Ich sah der höhen dichten rauch
Verjährtes laub und distelstrauch.

Dein auge schweift schon träumerisch
Auf eine erde gabenfrisch ·
Denn dein gedanke flattert fort
Voraus zu einem sichern hort.

Ich frage noch: wer kommt wenn sanft
Die gelbe primel nickt am ranft
Und sich das wasser grün umschilft
Der mir den mai beginnen hilft?

Entflieht auf leichten kähnen
Berauschten sonnenwelten
Dass immer mildre tränen
Euch eure flucht entgelten.

Seht diesen taumel blonder
Lichtblauer traumgewalten
Und trunkner wonnen sonder
Verzückung sich entfalten.

Dass nicht der süsse schauer
In neues leid euch hülle –
Es sei die stille trauer
Die diesen frühling fülle.

Langsame stunden überm fluss ·
Die welle zischt wie im verdruss
Da von dem feuchten wind gefrischt
Ein schein bald blendet bald verwischt.

Wir standen hand in hand am strand
Da sah sie ähren in dem sand ·
Sie trat hinzu und brach davon
Und fand auf diesen tag den ton:

Beginnend klang er hell und leicht
Wie von dem ziel das wir erreicht
Dann ward er dumpfer als sie sang
Vom fernen glück – wie bang! wie lang!

Der hügel wo wir wandeln liegt im schatten ·
Indes der drüben noch im lichte webt
Der mond auf seinen zarten grünen matten
Nur erst als kleine weisse wolke schwebt.

Die strassen weithin-deutend werden blasser ·
Den wandrern bietet ein gelispel halt ·
Ist es vom berg ein unsichtbares wasser
Ist es ein vogel der sein schlaflied lallt?

Der dunkelfalter zwei die sich verfrühten
Verfolgen sich von halm zu halm im scherz..
Der rain bereitet aus gesträuch und blüten
Den duft des abends für gedämpften schmerz.

Flammende wälder am bergesgrat·
Schleppende ranken im gelbroten staat!
Vor ihrem schlummer in klärender haft
Hebst du die traube mit leuchtendem saft.

Lang eh sie quoll mit dem sonnigen seim
Brachtest du strauss und kranz mit heim
Und du begrüssest den lohnenden herbst
Da du von sommers schätzen erbst.

Ihm ward die frucht zum genuss nicht bestellt
Der sich nicht froh auch den knospen gesellt.
Fragst du ihn so sagt er dir: weil
Man mir nahm mein einzig heil..

Der abend schwül · der morgen fahl und nüchtern
Sind ewiger wechsel ihrer trüben reise ·
Sie ganz in tränen ganz in schmerz und schüchtern
Bestimmten die gezogenen geleise.

An hohen toren wo sie eintritt heische
Ist niemand der für ihre treue zeuge
Und keine hand die fleisch von ihrem fleische
Sich bis zu ihr herniederbeuge.

So wird sie bald ergriffen vom getöse
Bald kehrt sie um mit seiner schlimmen beute
Und so wie früher murmelt sie noch heute
Den spruch der nahend sie erlöse.

Ob schwerer nebel in den wäldern hängt:
Du sollst im weiterschreiten drum nicht zaudern ·
Sprich mit den bleichen bildern ohne schaudern ·
Schon regen sie sich sacht hinangedrängt.

Wenn gras und furche auf dem pfad versteinen ·
Gehäufter reif die wipfel beugt · versteh
Zu lauschen auf der winterwinde weh
Die mit den welken einsamkeiten weinen.

So hältst du immer wach die müde stirn
Und gleitest nicht herab von steiler bösche
Ob auch das matt erhellte ziel verlösche
Und über dir das einzige gestirn.

Da vieles wankt und blasst und sinkt und splittert
Erstirbt das lied von dunst und schlaf umflutet
Bis jäher stoss das mürbe laub zerknittert ·
Von ehmals wilde wunde wieder blutet –

Bis plötzlich sonne zuckt aus nassen wettern ·
Ein schwarzer fluss die bleichen felder spreitet
Und seltne donner durch die fröste schmettern..
Es merkt nur in dem zug der grabwärts gleitet

Die fackeln zwischen den geneigten nacken ·
Der klänge dröhnen aus dem trauerprunke
Und sucht ob unter rauhen leides schlacken
Noch glimme ewig klarer freude funke.

Zu traurigem behuf
Erweckte sturm die flur ·
Aus finstrem tag entfuhr
Ein todesvogel-ruf.

Kaum zeigt der hügelrund
Der grauen stunden flucht ·
Ein baum tiefhängend sucht
Nach halmen überm grund.

Schon taucht die wüstenei
Zurück zum dunklen schacht –
Ein ton von qual und nacht
Bricht wie ein lezter schrei.

Ob deine augen dich trogen
Durch fallender äste hauf?
Treiben die kämpfenden wogen
Den strom hinauf?

Du jagest nach und sie steigen
Von fremden kräften erfasst ·
Wirbelndem rieselndem reigen
Folgt die begehrende hast.

Hüte dich! führe nicht weiter
Das spiel mit schwerem kauf —
Ziehen nicht deine begleiter
Schon ihren alten lauf?

Ihr tratet zu dem herde
Wo alle glut verstarb ·
Licht war nur an der erde
Vom monde leichenfarb.

Ihr tauchtet in die aschen
Die bleichen finger ein
Mit suchen tasten haschen –
Wird es noch einmal schein!

Seht was mit trostgebärde
Der mond euch rät:
Tretet weg vom herde ·
Es ist worden spät.

Wie in der gruft die alte
Lebendige ampel glüht!
Wie ihr karfunkel sprüht
Um schauernde basalte!

Vom runden fenster droben
Entfliesst der ganze glanz·
Von feuriger monstranz
Mit goldumreiften globen

Und einem weissen lamme –
Und wenn die ampel glüht
Und wenn ihr kleinod sprüht
Ist es von eigner flamme?

Die jagd hat sich verzogen ·
Du bleibst mit trägem bogen ·
Blutspuren unter tannen –
Horch welch ein laut! von wannen?

Das ist kein lärm der rüden ·
Kein schrei der flüchtig-müden ·
Du lauschst am grund beklommen ·
Sollst du entgegenkommen?

Nur still! schon dringt er näher.
Dir schien verirrter späher
Im widerschall der hiefe
Dass jene stimme riefe.

Es winkte der abendhauch
Mit dem geneigten glücke ·
Nimm und bewahr es auch
Eh dir ein andrer es pflücke.

Doch wie in fesseln geschnürt
Jammert die seele erblassend
Die glückes nähe spürt
Es schauend und doch es nicht fassend.

Da brachte der abendhauch
Ihr die erlösende kunde:
Meine trübste stunde
Nun kennest du sie auch.

Willst du noch länger auf den kahlen böden
Nach frühern vollen farben spähn ·
Auf früchte warten in den fahlen öden
Und ähren von verdrängten sommern mähn?

Bescheide dich wenn nur im schattenschleier
Mild schimmernd du genossene fülle schaust
Und durch die müden lüfte ein befreier
Der wind der weiten zärtlich um uns braust.

Und sieh! die tage die wie wunden brannten
In unsrer vorgeschichte schwinden schnell..
Doch alle dinge die wir blumen nannten
Versammeln sich am toten quell.

ANHANG

Die erste ausgabe des Jahr der Seele erschien im herbst 1897 im verlag der Blätter für die Kunst. Sie ist das erste von Melchior Lechter ausgestattete buch: Er zeichnete das titel- und umschlagblatt und leitete den druck · der sich in format· verteilung und farbigkeit der titel und zellenanfänge an die handschrift anschliesst. Die erste öffentliche ausgabe erschien bei Georg Bondi 1898 für 1899.

Aus dem Jahr der Seele erschienen vor der ersten ausgabe die folgenden gedichte: nach der überschrift ›aus einem buch Sagen und Sänge‹ unter Sagen mit dem vermerke: zuerst französisch gedichtet dann vom verfasser selbst übertragen: ›Indess deine mutter dich säugt‹ und ›Deine stirne verborgen..‹ (Bl.f.d.K. I. F. 4. B.). Mit der überschrift Drei Gedichte I. C. einer freundin zur erinnerung an einige abende innerer geselligkeit: Blumen · Rückkehr · Entführung (Bl.f.d.K. II. F. 3. B. ohne namennennung). Nach der Lese (Bl.f.d.K. II. F. 5. B. ohne verfasserangabe) wo die mittlere strofe fehlt von ›Nun säume nicht‹ und das lezte gedicht in zwei geteilt ist. Ferner: aus Das Jahr der Seele (annum animae) Waller im Schnee: ›Die steine die..‹ ›Mir ist als ob ein blick..‹ ›Ich trat vor dich..‹ (Bl.f.d.K. III. F. 1. B.). Traurige Tänze 1-3 (ebenda) · Sieg des Sommers 1—6 (Bl. f. d. K. III. F. 4. B.).

In der ersten ausgabe fehlten die widmung und die gedichte: Wo in des schlosses.. (s. 68) So grüss ich öfter.. (s. 76) So war sie wirklich.. (s. 86).

Die französische fassung des gedichtes Sprüche an die geladenen In C. stand zuerst in dem von Paul Gérardy herausgegebenen Floréal im februar 1893. mit dem titel: Proverbes und der widmung: pour les invités de Sur-le-Mont C. Sie soll im nachtragband unter andern fremdsprachlichen versuchen ihre stelle finden. Über die oft missverstandene bedeutung des dichtens in fremdem sprachstoff siehe Anhang der hirtengedichte (band III der gesamtausgabe).

Von einigen gedichten die stärker verändert wurden · seien hier die früheren fassungen mitgeteilt: die aufzählung aller abweichungen aller gedichte konnte weil einem mehr gelehrten als dichterischen zwecke dienend unterbleiben.

Die steine die in meiner strasse staken
Verschwanden alle in dem weichen schooss
Der in der ferne bis zum himmel schwillt
Die flocken weben noch am bleichen laken
Und jagt an meine wimper sie ein stoss
So zittert sie wie wenn die träne quillt

Die sterne — mich verwirrendes geleite —
Verschwimmen: schau ich führerlos hinan
Und lassen mich mit grauser nacht allein
Ich schrecke vor der ungeahnten weite
Ich möchte langsam auf dem weissen plan
Mir selber unbewusst gebettet sein

Doch wenn die wirbel mich zum abgrund trügen
Ihr todes-winde mich gelinde träft:
Ich suchte noch einmal nach tor und dach —
Wie leicht dass hinter jenen höhenzügen
Geborgen eine junge hoffnung schläft!
Beim ersten lauen hauche wird sie wach.

FRÜHERE FASSUNG DES GEDICHTES S. 24.

Deine stirne verborgen halb durch ein wölkchen von haaren
(sie sind blond und seiden)
deine stirne spricht mir von jugendlichem leiden
Deine lippen sie sind stumm erzählen die geschichte
der seelen die der herr gerichtet
Erregender spiegel deine augen
spiel nicht damit da er leicht zerbricht!
Auch wenn du lächelst (endlich flog über dir der schlummer her)
dein lächeln gleicht dem weinen sehr
und du neigst ein wenig dein haupt von kummer schwer.

FRÜHERE FASSUNG DES GEDICHTES S. 67.

Die handschrift die dem ersten druck zugrunde liegt und von der im folgenden einige proben gegeben werden ist die erste vom verfasser in sogenannter stilschrift geschriebene: 25 blatt ohne seitenzählung. Als format wurde ein kleinquart gewählt welches nur einen schmalen rand zulässt. Abwechselnd beginnen im einen gedicht die strofen mit einem blauen · die übrigen zeilen mit einem roten buchstaben · im andern umgekehrt.. ebenso sind die überschriften abwechselnd rot mit blauen wortanfängen oder umgekehrt. Bei den wiedergaben musste auf die farbe verzichtet werden.

HANDSCHRIFTPROBEN

Ich trat vor dich mit einem segensspruche
Am abend wo für dich die kerzen brannten
Und reichte dir auf einem sammtnen tuche
Die höchste meiner gaben: den demanten.

Du aber weisst nichts von dem opferbrauche
Von blanken leuchtern mit erhobnen ärmen
Von schalen mit dem wolken-reinen rauche
Die starrer tempel finsternis erwärmen.

Von engeln die sich in den nischen sammeln
Und sich bespiegeln an kristallnen lüstern
Von glühender und banger bitte stammeln
Von halbem seufzer hingehaucht im düstern.

Und nichts von wünschen die auf unterm sprosse
Des festlichen altars vernehmlich wimmern
Du fassest fragend kalt und unentschlossen
Den edelstein aus gluten thränen schimmern.

S. G.

NACH DER LESE

Komm in den totgesagten park und schau:
Der schimmer ferner lächelnder gestade
Der reinen wolken unverhofftes blau
Erhellt die weiher und die bunten pfade.

Dort nimm das tiefe gelb das weiche grau
Von birken und von buchs · der wind ist lau.
Die späten rosen welkten noch nicht ganz
Erlese küsse sie und flicht den kranz.

Vergiss auch diese lezten astern nicht
Den purpur um die ranken wilder reben
Und auch was übrig blieb von grünem leben
Verwinde leicht im herbstlichen gesicht.

Ihr rufe junger jahre die befahlen
Nach IHR zu suchen unter diesen zweigen
Ich muss vor euch die stirn verneinend neigen
Denn meine liebe schläft im land der strahlen

Doch schickt ihr sie mir wieder die im brennen
Des sommers und im flattern der Eroten
Sich als geleit mir schüchtern dargeboten.
Ich will sie diesmal freudig anerkennen

Die reifen trauben gähren in den bütten
Doch will ich alles was an edlen trieben
Und schöner saat vom sommer mir geblieben
Aus vollen händen vor ihr niederschütten.

Ja heil und dank dir die den segen brachte!
Du schläfertest das immerlaute pochen
Mit der erwartung deiner Teure sachte
In diesen glanzerfüllten sterbewochen

Du kamest und wir halten uns umschlungen
Ich werde sanfte worte für dich lernen
Und ganz als glichest du der Einen Fernen
Dich loben auf den sonnen-wanderungen.

Wir schreiten auf und ab im reichen flitter
Des buchenganges beinah bis zum thore
Und sehen aussen in dem feld vom gitter
Den mandelbaum zum zweitenmal im flore

Wir suchen nach den schattenfreien bänken
Dort wo uns niemals fremde stimmen scheuchten
In träumen unsre arme sich verschränken
Wir laben uns am langen milden leuchten

ZWEITE SEITE

So bringt uns jenes mahnende gespenster
Und leiden das uns bang und müde macht.
Sieh unterm baume draussen vor dem fenste
Die vielen leichen nach der winde schlacht

Vom thore dessen eisen-lilien rosten
Entfliegen vögel zum verdeckten rasen
Und andre trinken frierend auf den pfosten
Vom regen aus den hohlen blumen-vasen.

Jch schrieb es auf: nicht länger sei verhehlt
Was als gedanke ich nicht mehr verbanne
Was ich nicht sage du nicht fühlst: uns fel
Bis an das glück noch eine weite spanne

An einer hohen blume welkem stiel
Entfaltet du's. ich stehe fern und ahne..
Es war das weisse blatt das dir entfiel
Die grellste farbe auf dem fahlen plane.

Jm freien viereck mit den gelben steinen
Jndessen mitte sich die brunnen regen
Willst du noch flüchtig späte rede pflegen
Da heut dir hell wie nie die sterne scheine.

Doch tritt von dem basaltenen behälter
Er winkt die toten zweige zu bestatten
Jm vollen mondenlichte weht es kälter
Als drüben unter jener föhren schatten.

Ich suchte noch einmal nach thor und dach
Wie leicht dass hinter jenen höhenzügen
Verborgen eine junge hoffnung schläft.
Beim ersten lauen hauche wird sie wach.

Mir ist als ob ein blick im dunkel glimme.
So zitternd wähltest du mich zum begleite
Dass ich die schwere wandrung benedeite
So rührte mich dein schritt und deine stimme.

Du priesest mir die pracht der stillen erde
In ihrem silberlaub und kühlen strahle
Die frei der lauten freude und beschwerde.
Wir nannten sie die einsam keusche fahle

Und wir bekannten ihren rauhen mächten
Dass in den reinen lüften töne hallten
Dass sich die himmel füllten mit gestalten
So herrlich wie in keinen maien nächten.

Mit frohem grauen haben wir im späten
Mondabend oft denselben weg begonnen
Als ob von feuchten blüten ganz beronnen
Wir in den alten wald der sage träten

Du führtest mich zu den verwunschnen thalen
Von nackter helle und von blassen düften
Und zeigtest mir von weitem wo aus grüften
Die trübe liebe wächst im reif der qualen.

Die antwort gaben wider höchstes hoffen
Dass dem noch zweifelnden die sinne wiche
O rinnen der glückseligen minuten!

V

Wenn solch ein sausen in den wipfeln wühlt
Ist es nicht mehr als dass ein sehnen drohe
Als blaue blicke· blumen blonde frohe?

Wenn solch ein branden um die festen spült
Dass du verlassen irrend an dem strand
Die rettung suchst in leerer himmel brand?

Dass ich wie nie dich blass und bebend finde
Kaum mehr noch als am wegesrand die blinde
Die unbeacht ruft im lauten winde.

VERSTATTET DIES SPIEL: EURE FL
CHTIG GESCHNITTENEN SCHAT
ZUM SCHMUCK FÜR MEINER AN
DENKEN SAAL · · ·

*

Soll nun der mund der von des eises bru
Zum neuen reife längst erstarkt im wehe
Sich klagend öffnen und nach welchem spruch
Dem kinde? unterbrich mich nicht - ich flehe.

So glaubst du fest dass auch das spiel der musen
Jhn den sie liebten niemals wieder freue
Und ist das reiche licht in deinem busen
A auch ganz erloschen? Sag es mir in treue!

Es lacht in dem steigenden jahr dir
Der duft aus dem garten noch leis
Flicht in dem flatternden haar dir
Eppich und ehrenpreis

Die wehende saat ist wie gold noch
Villeicht nicht so hoch mehr und reich
Rosen begrüssen dich hold noch
Ward auch ihr glanz etwas bleich

Verschweigen wir was uns verwehrt ist
Geloben wir glücklich zu sein
Wenn auch nicht mehr uns bescheert ist
Als noch ein rundgang zu zwein.

Gieb ein lied mir wieder
Jm klaren tone deiner freudentage —
Du weisst es ja mir wich der friede
Und meine hand ist zag

Wo dunkle seelen sinnen
Erscheinen bilder seltne hohe
Doch fehlt das leuchtende erinnern
Die farbe hell und froh

INHALT

BILDNIS
WIDMUNG 5
VORREDE DER ZWEITEN AUSGABE 7

NACH DER LESE · WALLER IM SCHNEE · SIEG DES SOMMERS

NACH DER LESE 11
   Komm in den totgesagten park und schau . . 12
   Ihr rufe junger jahre die befahlen 13
   Ja heil und dank dir die den segen brachte . . 14
   Wir schreiten auf und ab im reichen 15
   Umkreisen wir den stillen teich 16
   Wir stehen an der hecken gradem wall 17
   Du willst am mauerbrunnen 18
   Nun säume nicht die gaben zu erhaschen . . . 19
   Wir werden heute nicht zum garten gehen . . . 20
   Ich schrieb es auf: nicht länger sei 21
   Im freien viereck mit den gelben steinen . . . 22

WALLER IM SCHNEE 23
   Die steine die in meiner strasse staken 24
   Mir ist als ob ein blick im dunkel glimme . . . 25
   Mit frohem grauen haben wir im späten . . . 26
   Ich darf nicht dankend an dir niedersinken . . 27
   Ich trat vor dich mit einem segenspruche . . . 28
   Ich lehre dich den sanften reiz des zimmers . . 29
   Noch zwingt mich treue 30
   Die blume die ich mir am fenster hege 31
   Dein zauber brach da blaue flüge wehten . . . 32
   Wo die strahlen schnell verschleissen 33

SIEG DES SOMMERS 35
   Der lüfte schaukeln wie von neuen dingen . . . 36
   Den blauen raden und dem blutigen mohne . . 37
   Du willst mit mir ein reich der sonne 38
   Die silberbüschel die das gras verbrämen . . . 39
   Gemahnt dich noch das schöne bildnis 40
   Wenn trübe mahnung noch einmal 41
   Wie ein erwachen war zu andrem werden . . . 42
   Die reichsten schätze lernet frei 43
   Wenn von den eichen erste morgenkühle . . . 44
   Ruhm diesen wipfeln! dieser farbenflur! 45

ÜBERSCHRIFTEN UND WIDMUNGEN
   Lieder wie ich gern sie sänge 49
   Zu meinen träumen floh ich vor dem volke . . 50
   Des sehers wort ist wenigen gemeinsam . . . 52
   Als ich zog ein vogel frei aus goldnem 54
   SPRÜCHE FÜR DIE GELADENEN IN T..
   I. Indes deine mutter dich stillt 55
   II. Ihr lernt: das haus des mangels nur kenne . 57
   Wo in des schlosses dröhnend dunkler diele . . 58
   Bei seiner reise mittag bald zurück 59

ERINNERUNGEN AN EINIGE ABENDE
INNERER GESELLIGKEIT 61
   BLUMEN 62
   RÜCKKEHR 63
   ENTFÜHRUNG 64
   REIFEFREUDEN 65
   WEISSER GESANG 66

NACHTWACHEN

I. Deine stirne verborgen halb 67
II. Nicht nahm ich acht auf dich 68
III. Welche beiden mitternächte 69
IV. Erwachen aus dem tiefsten 70
V. Wenn solch ein sausen in den wipfeln . . . 71

**VERSTATTET DIES SPIEL: EURE FLÜCH-
TIG GESCHNITTENEN SCHATTEN ZUM
SCHMUCK FÜR MEINER ANGEDENKEN SAAL** 73

Soll nun der mund der von des eises bruch . . 74
Die du ein glück vermehrst auch nicht es teilend 74
Angenehm flossen bei dir unsre nächtlichen stunden 75
So grüss ich öfter wenn das jahr sich dreht . . 75
W. L. 76
P. G. 77
M. L. 78
H. H. 79
K. W. 80
E. R. 81
A. H. 82
A. V. 83
R. P. 84
C. S. 85
A. S. 86
L. K. 87

TRAURIGE TÄNZE

Des erntemondes ungestüme flammen 91
Der raum mit sammetblumigen tapeten 92

Es lacht in dem steigenden jahr dir	93
Gib ein lied mir wieder	94
Das lied das jener bettler dudelt	95
Drei weisen kennt vom dorf der blöde knabe	96
Stätte von quälenden lüsten	97
Die wachen auen lockten wonnesam	98
Da kaum noch sand im stundenglase läuft	99
Trauervolle nacht	100
Wir werden nicht mehr starr und bleich	101
Ich weiss du trittst zu mir ins haus	102
Dies leid und diese last: zu bannen	103
Nicht ist weise bis zur lezten frist	104
Keins wie dein feines ohr	105
Mir ist kein weg zu stell zu weit	106
Die stürme stieben über brache flächen	107
Geführt vom sang der leis sich schlang	108
Entflieht auf leichten kähnen	109
Langsame stunden überm fluss	110
Der hügel wo wir wandeln liegt im schatten	111
Flammende wälder am bergesgrat	112
Der abend schwül · der morgen fahl	113
Ob schwerer nebel in den wäldern hängt	114
Da vieles wankt und blasst und sinkt	115
Zu traurigem behuf	116
Ob deine augen dich trogen	117
Ihr tratet zu dem herde	118
Wie in der gruft die alte	119
Die jagd hat sich verzogen	120
Es winkte der abendhauch	121
Willst du noch länger auf den kahlen böden	122

ANHANG

1. FRÜHERE FASSUNG DES GEDICHTES S. 24 126
2. FRÜHERE FASSUNG DES GEDICHTES S. 67 127
3. WIEDERGABE DER ERSTEN NIEDERSCHRIFT DES GE-
   GEDICHTES S. 28 130

WIEDERGABEN
AUS DEM HANDGESCHRIEBENEN BUCH

4. ERSTE SEITE 131
5. ZWEITE SEITE 132
6. FÜNFTE SEITE 133
7. SIEBENTE SEITE . . . 134
8. SECHSUNDZWANZIGSTE SEITE 135
9. DREIUNDDREISSIGSTE SEITE. 136

PLAN DER GESAMT-AUSGABE

1. BAND: Die Fibel: die erste ausgabe vermehrt um einige kleinere gedichte. Als Anhang wiedergabe einiger handschriften. Bild: Medaillon-Jugendbildnis in kupferdruck. (Erschienen Dezember 1927.)
2. BAND: Hymnen. Pilgerfahrten. Algabal: vermehrt um die lesarten aus der ersten ausgabe sowie aus den ›Blättern für die Kunst‹. Als Anhang probeseite von titel und text der erstausgaben und proben der handschrift.
3. BAND: Die Bücher der Hirten und Preisgedichte, der Sagen und Sänge und der Hängenden Gärten: in derselben weise wie 2. Band.
4. BAND: Das Jahr der Seele: gleichfalls mit den lesarten. Als Anhang einige probeseiten der handschrift und erste fassung von gedichten. Mit Bild. (Erschienen Februar 1928.)
5. BAND: Der Teppich des Lebens und die Lieder von Traum und Tod mit einem Vorspiel. Als Anhang einige probeseiten der handschrift. Bild: Zeichnung von Melchior Lechter.

6/7. BAND (Doppelband): Der Siebente Ring: wie beim 5. Band mit den lesarten aus den ›Blättern für die Kunst‹ und dem ›Gedenkbuch‹. Als Anhang proben aus der handschrift.
8. BAND: Der Stern des Bundes: mit den lesarten aus den ›Blättern für die Kunst‹. Als Anhang einige seiten der handschrift.
9. BAND: Die neue Gedicht-sammlung. (Für Sommer 1928.)
10/11. BAND (Doppelband): Dante-Übertragungen mit wiedergaben aus der autographierten ausgabe und der handschrift.
12. BAND: Shakespeare - Sonette: vermehrt um einige Sonette aus dem Passionate Pilgrim.
13/14. BAND (Doppelband): Baudelaire-Umdichtungen: Die Blumen des Bösen. Vermehrt um drei neue gedichte. Als Anhang: Wiedergabe der ersten (autographierten) ausgabe.
15. BAND: Zeitgenössische Dichter I: vermehrt um einige Rossetti-gedichte.
16. BAND: Zeitgenössische Dichter II: vermehrt um einige neue stücke von Verlaine und Mallarmé.
17. BAND: Tage und Taten: vermehrt um einige neue stücke.
18. BAND: Szenen aus Manuel und anderes meist in dramatischer form.

DIESES WERK WURDE ALS DER VIERTE BAND DER GESAMT-AUSGABE IM FEBRUAR 1928 BEI OTTO VON HOLTEN BERLIN IN ST-G-SCHRIFT GEDRUCKT